ResumenExpress.com

La obra maestra desconocida

de Honoré de Balzac

GUÍA DE LECTURA

Escrita por Florence Meurée
Traducida por Juan Lopez

La obra maestra desconocida

de Honoré de Balzac

HONORÉ DE BALZAC

ESCRITOR FRANCÉS

- **Nacido en 1799 en Tours (Indre-et-Loire)**
- **Fallecido en 1850 en París**
- **Algunas de sus obras:**
  - *Les Chouans* (1829), novela
  - *Eugénie Grandet* (1833), novela
  - *Le Père Goriot* (1835), novela

Honoré de Balzac es uno de los principales escritores franceses del siglo XIX. De joven, le abrió las puertas de los círculos aristocráticos parisinos, que nunca dejó de frecuentar. Pero las desastrosas aventuras empresariales y un estilo de vida excesivo pronto le arruinaron: la escritura literaria, practicada con pasión y asiduidad, se convirtió en la única forma que tenía de saldar sus deudas.

Ambicioso, se lanza a escribir una obra monumental, *La Comédie humaine*, que incluye más de 90 novelas, y cuyo objetivo es elaborar un retrato exhaustivo de la sociedad de su tiempo, para "competir con el État-Civil" (DE BALZAC H. *OEuvrés complètes*, tome I, París, Alexandre Houssiaux, 1855, p. 22).

Balzac está considerado uno de los padres de la novela realista moderna.

LA OBRA MAESTRA DESCONOCIDA

UNA REFLEXIÓN SOBRE LOS PODERES DEL ARTE

- **Género:** relato corto

- **Edición de referencia:** *Le Chef-d'œuvre inconnu* suivi de *La Leçon de violon*, París, Le Livre de Poche, coll. « Les classiques d'aujourd'hui », 2002.

- **1ª edición:** 1831

- **Temas:** arte, pintura, *mímesis*, mitología, perfección, locura

La obra maestra desconocida es un relato corto que apareció por primera vez en 1831 bajo el título *Maître Frenhofer* en la revista *L'Artiste*, antes de integrarse en un subconjunto de *La Comédie humaine*: los *Études philosophiques*.

La trama se sitúa en el siglo XVII y se centra en el personaje de Frenhofer, un pintor que ambiciona pintar el retrato perfecto de una mujer. La novela ofrece así una reflexión sobre los poderes del arte y sobre la condición del pintor.

Este cuento de Balzac tuvo cierta posteridad y fue fuente de inspiración tanto para escritores como para pintores.

RESUMEN

PARTE 1 – GILLETTE

La historia se desarrolla en París en 1612. Un joven visita la casa de François Porbus (Frans Pourbus el Joven, pintor flamenco, 1569-1622), antiguo pintor de Enrique IV (rey de Francia y Navarra, 1553-1610), despedido por María de Médicis (reina de Francia, 1573-1642), que le prefirió a Rubens (pintor flamenco, 1577-1640). El visitante, que también es artista, queda impresionado por la idea de este encuentro y, por timidez, no se atreve a subir al estudio de Porbus. Finalmente, un anciano se une a él en las escaleras y llama a la puerta, tras lo cual ambos son conducidos por Porbus a la habitación abarrotada de materiales de pintura.

El anciano se lanza entonces a un largo comentario sobre una pintura de Porbus de Santa María la Egipcia (penitente cristiana, c. 345-c. 422). Aunque el cuadro le pareció perfectamente ejecutado desde el punto de vista técnico, lo criticó por no dar una impresión suficientemente fuerte de la realidad. Para él, la mujer pintada por Porbus no parece suficientemente viva: "Tiene apariencia de vida, pero no expresa su desbordante plenitud". (p. 45)

El joven reacciona alabando la pintura de Porbus. Se presenta: se llama Nicolas Poussin (pintor francés, 1594-1665) y es un artista principiante. El anciano pide

a Porbus pinceles y colores y, con unas cuantas pince-
ladas, consigue transformar la representación de María
la Egipcia, dándole un verdadero soplo de vida. A pesar
de ello, no le pareció tan buena como su obra maestra,
La Belle Noiseuse.

El viejo pintor -cuyo nombre, nos enteramos por Porbus,
es Frenhofer- invita entonces a los dos hombres a cenar
a su casa, donde se reúnen unos magníficos cuadros.
Poussin queda cautivado por su belleza. Porbus le dice
a Frenhofer que quiere ver *La Belle Noiseuse*, el famoso
cuadro de una mujer a la que el anciano ha llamado
Catherine Lescault, en el que lleva trabajando diez años.
Frenhofer responde que aún tiene que perfeccionarla,
luego explica cómo ha trabajado en ella y admite que, a
pesar de todos los errores que ha podido evitar, duda de
su trabajo. Se pregunta si alguna vez encontrará a una
mujer perfecta que le sirva de modelo.

Los otros dos pintores se alejan de Frenhofer, que está
ensimismado. Poussin quiere ir al estudio del anciano,
pero Porbus le dice que no puede entrar nadie. El neó-
fito, que no lo entiende, se empeña en entrar en el lugar
donde Frenhofer crea sus cuadros.

De vuelta al hotel donde se aloja, pregunta a Gillette, su
bella acompañante, si aceptaría posar para un hombre
que no fuera él, lo que le permitiría convertirse en un
gran pintor. Poussin espera que, a cambio de la mujer
que ama, Frenhofer acceda a mostrarle su obra maestra, que encierra los secretos del arte pictórico. Al principio Gillette se niega, porque cree que tal acción la
haría indigna de ser amada por Poussin y que éste, en

consecuencia, la abandonaría. Finalmente, ella acepta con la condición de que él permanezca detrás de la puerta de la habitación en la que va a ser modelada y de que mate al pintor si ella grita alguna vez. La muchacha, que siente que Poussin está obsesionado con el arte y ya no la quiere, se arrepiente inmediatamente del compromiso que ha contraído.

SEGUNDA PARTE – CATHERINE LESCAULT

Tres meses después de que los tres hombres se conocieran, Porbus visitó a Frenhofer, que estaba más desanimado que nunca. El viejo pintor pensó que por fin había terminado su cuadro, pero aún hay que retocar algunos detalles. Su intención es viajar a Turquía, Grecia y Asia para encontrar nuevas modelos femeninas. Porbus le dijo que podía ahorrarle el viaje, ya que la acompañante de Poussin era una mujer físicamente perfecta y estaba dispuesta a posar para él si, a cambio, se les permitía ver su obra. Como un amante posesivo, el anciano se niega categóricamente a exponer a su "esposa" (p. 65) a la mirada de otros hombres.

Mientras Porbus, sorprendido por la violencia con que reacciona Frenhofer, está a punto de darse por vencido, Poussin y Gillette llegan a casa del anciano. El anciano observa atentamente a la joven y la desnuda con la mirada. Poussin está celoso y quiere volver a casa con su compañera, pero Frenhofer finalmente acepta el trato. El joven pintor le amenaza entonces con matarle si le hace algo a Gillette.

Al cabo de un rato, Frenhofer abre la puerta de su estudio e invita a entrar a Porbus y Poussin. Allí admiran los cuadros, que Frenhofer califica de "errores" (p. 72). Les asegura que su última obra es perfecta, que la mujer que ha pintado es más verdadera que la vida. Pero cuando Porbus y Poussin miran el lienzo, no ven más que una yuxtaposición de capas de color. En medio de este "muro de pintura" (p. 74), sólo asoma un pie, que parece real. Al principio, Poussin piensa que el anciano se burla de ellos, pero luego se da cuenta de que es sincero: Frenhofer delira y está convencido de que los otros dos pintores ven realmente el cuerpo femenino que está describiendo.

Poussin le dice a Porbus que tarde o temprano Frenhofer se dará cuenta de que nada está representado en su lienzo. El anciano oye este comentario y se enfada. A continuación, pregunta a Porbus si ha estropeado su cuadro. Porbus, que no sabe qué decir, señala el lienzo y dice: "¡Mira!" (p. 76). Frenhofer se da cuenta de que no hay ninguna figura femenina en el cuadro. Está desesperado, llora y se llama a sí mismo loco. Pero inmediatamente después acusa a los dos artistas de envidia y de planear el robo de su obra maestra.

De repente, Poussin oye llorar a Gillette. Le gustaría que su joven compañera, a la que desprecia, la matara. El viejo sospecha mucho y los echa a todos. Al día siguiente, Porbus quiere volver a ver a Frenhofer, pero se entera de que ha muerto tras reducir a cenizas todos sus cuadros.

ESTUDIO DE CARACTERES

FRENHOFER

Frenhofer, un anciano adinerado, era un artista excepcional. Afirma haber sido el único alumno del pintor flamenco Mabuse (hacia 1478-1532). Posee un profundo conocimiento de la pintura, tanto desde el punto de vista técnico como histórico. No duda en compartir sus conocimientos y aconseja de buen grado a los artistas más jóvenes.

Es un hombre misterioso: nadie ha tenido nunca la oportunidad de entrar en su estudio para admirar su obra, y nunca ha tenido un alumno a quien confiar los secretos de su técnica. Para él, la pintura es una práctica verdaderamente sagrada.

Su gran proyecto es crear un cuadro de una mujer que parezca real. Durante años, Frenhofer ha dedicado su vida a esta pintura. Una y otra vez, cree que por fin lo ha completado, pero cada vez se da cuenta de que algunos detalles no alcanzan la perfección que busca.

La obsesión del pintor por su obra maestra, a la que llama su Catherine Lescault, le lleva poco a poco a la locura. El texto ofrece varias pistas sobre su tambaleante salud mental:

- el narrador lo llama "un personaje singular que habla tan a lo loco" (p. 47);

- Porbus dice que está "tan loco como pintor" (p. 60);

- el anciano se comporta como si la mujer que está pintando fuera realmente su esposa. Por lo tanto, que él la muestre a otros hombres es un acto de prostitución. Cuando expresa todo el amor que siente por su figura, el narrador se pregunta: "¿Frenhofer era razonable o estaba loco?

Al final, las reacciones de Porbus y Poussin ante su cuadro le hacen darse cuenta de lo delirante que es. No puede soportar esta dura vuelta a la realidad, y la muerte se convierte en su única escapatoria.

NICOLAS POUSSIN

Balzac eligió insertar a un pintor real en su ficción. Nicolas Poussin es uno de los grandes maestros franceses del clasicismo pictórico. En la novela, el autor lo presenta como un joven principiante aún desconocido. Acaba de llegar a París y vive en la pobreza. Esto no le impide tener talento: Frenhofer le felicita cuando copia hábilmente el cuadro de Porbus.

El joven se debate entre dos pasiones aparentemente incompatibles. Por un lado, anhela convertirse en un gran pintor. Descubre a Frenhofer de camino a casa de Porbus y quiere que aprenda los secretos del arte, por lo que intenta convencer al anciano para que le deje entrar en su estudio. Por otra parte, está enamorado de Gillette, su amante: el hecho de que ella pose para Frenhofer le entristece, le entristece y le llena de remordimientos. Le invaden los celos, que reflejan directamente la actitud del viejo pintor hacia su obra (ambos están dispuestos a matar por su amada).

El amor al arte, sin embargo, parece ser más fuerte que cualquier otra cosa:

- Cuando Gillette rechaza su oferta de posar para otro hombre, al principio parece aceptar su elección ("Me equivoqué, mi vocación es amarte. No soy pintor, estoy enamorado", p. 63). Pero inmediatamente después intenta convencerla de nuevo, explicándole que Frenhofer es sólo un anciano;

- Gillette se da cuenta de la pasión con que su amante mira un cuadro de Frenhofer, que ha confundido con un Giorgione (pintor veneciano, 1477-1510): "Nunca me miró así" (p. 71), dice;

- Cuando entra en el estudio de Frenhofer y descubre maravillas pictóricas, se olvida por completo de su compañera, hasta que los sollozos de ésta llaman su atención.

GILLETTE

Gillette es el amante de Poussin, de quien está profundamente enamorada. El narrador la describe como obediente y alegre, pero es su belleza física lo que la caracteriza por encima de todo. Ella está en el centro del acuerdo entre Frenhofer y los otros dos pintores, precisamente porque tiene un cuerpo perfecto.

Digna, al principio no acepta revelar su desnudez a un desconocido. Pero Gillette es "una de esas almas nobles y generosas que vienen a sufrir cerca de un gran hombre" (p. 61); por eso está dispuesta a sacrificarse por la carrera de Poussin, aunque está convencida de que su amor no resistirá la prueba. En el fondo, está decepcionada por la actitud de su compañero, que la convierte en moneda de cambio ("Ya creía querer menos al pintor por sospechar que era menos estimable", p. 64).

El mal presentimiento que tiene justo antes de entrar en casa de Frenhofer es la forma que tiene el autor de anunciar el trágico desenlace de la historia. Tras haber servido de modelo, parece desolada y, llena de rabia, afirma odiar a Poussin.

PORBUS

Porbus es el segundo pintor real que tiene categoría de personaje en la novela: Frans Pourbus el Joven es un pintor flamenco que trabajó para la corte francesa. Entre sus obras más importantes figura el retrato del rey francés Enrique IV, que Balzac menciona en *La obra maestra desconocida*.

Tiene unos cuarenta años y es "valetudinaire" (p. 36), es decir, tiene mala salud. La emoción de Poussin al visitarle demuestra que goza de una asombrosa reputación en el mundo del arte. Es un gran artista: Frenhofer explica que sólo los "iniciados en los secretos más recónditos del arte" (p. 47) pueden discernir los defectos de su cuadro *María la Egipcia*.

Sin embargo, no llega al nivel de Frenhofer, porque no conoce el secreto de cómo dar una chispa de vida a sus obras. Al igual que Poussin, le gustaría ver la pintura que tanto alaba Frenhofer, y así mejorar como artista. Para él, el arte está por encima de todo: "Los frutos del amor pasan rápido, los del arte son inmortales". (p. 71)

CLAVES DE LECTURA

UNA HISTORIA CON DOS CARAS

El relato corto es un género literario cambiante, cuya definición ha evolucionado con el tiempo. Sin embargo, los especialistas coinciden en varios puntos, resumidos en una nota de Baudelaire (escritor y crítico literario francés, 1821-1867): "[el cuento] tiene esta inmensa ventaja sobre la novela de vastas proporciones, que su brevedad añade intensidad al efecto" (DION R., "Nouvelle" en ARON P., SAINT-JACQUES D. & VIALA A. (eds.), *Le dictionnaire du littéraire*, París, Presses universitaires de France, 2002, p. 402). Así, el relato corto se caracteriza por su extensión -breve- y su trama tensa que conduce a una caída sorprendente. A estas dos características se añade la proximidad temporal de los acontecimientos narrados. De hecho, la novela pretende hacer llegar a los ojos del lector un hecho verídico y reciente.

Como autor del siglo XIX, Balzac se inscribe en una corriente del cuento que, en competencia con el reportaje y la noticia, "utiliza escenarios enunciativos verosímiles, en los que se basan tanto la fantasía como el realismo" (*ibíd.*). Y, efectivamente, *La obra maestra desconocida* combina estos dos géneros literarios.

El fantástico

En *La obra maestra desconocida, el* lector se sumerge de inmediato en una atmósfera fantástica, sobre todo a través del personaje de Frenhofer. Poussin percibe "algo diabólico" en él a primera vista (p. 34). Su descripción revela la singularidad de este misterioso personaje "a quien el día [...] prestaba [...] un color fantástico" (p. 36). Incluso parece estar poseído, en cuanto tiene pinceles en la mano: "parecía como si hubiera un demonio en el cuerpo de este extraño personaje que actuaba a través de sus manos, tomándolas fantásticamente contra la voluntad del hombre." (p. 49)

Lo sobrenatural parece así surgir de lo real, sobre todo porque las declaraciones de Poussin son vacilantes, como si no estuviera seguro de la realidad de lo que ve de Frenhofer. También hay que señalar que, si bien Porbus y Poussin existieron, Frenhofer es el único pintor ficticio. Esta invención aumenta el aura fantástica del personaje, que se convierte en una especie de fantasma en una historia verosímil y realista.

El misterio que rodea a *la* obra maestra, *La Belle Noiseuse,* realza aún más la atmósfera fantástica y misteriosa de la historia. El pintor describe esta obra como igual a una mujer con aliento de vida. La guarda celosamente para sí. El lector se pregunta por qué el estudio del pintor y su obra maestra son tan secretos: ¿qué puede contener? ¿Qué es esta obra perfecta? ¿Existe realmente? Todas estas cuestiones sólo se resuelven en las páginas finales de la historia, en las que se nos revela la locura del creador.

Realismo

Aparte de los toques fantásticos, la historia está enraizada en la realidad. La historia es bastante verosímil con, entre otras cosas:

- **las descripciones**. Desde las primeras líneas, Balzac describe con detalle los lugares, las ropas y las personas con las que se encuentra Poussin. Por ejemplo, se describe detalladamente el estudio de Porbus. El lector descubre un sinfín de detalles y, entre otras cosas, que "[n]umerosos bocetos, estudios a tres lápices, tiza roja o bolígrafo, cubrían las paredes hasta el techo. Cajas de colores, botellas de aceite y gasolina y escalones volcados sólo dejaban un estrecho camino hacia el halo proyectado por el alto techo de cristal" (p. 37). Ahora puede imaginarse cada lugar, cada detalle del escenario. Además de las enumeraciones y la precisión del vocabulario, abundan los adjetivos, que también contribuyen al realismo de las descripciones: "Imagínese una frente calva, abultada y prominente, caída hacia atrás sobre una nariz pequeña y aplastada, vuelta hacia arriba en la punta como la de Rabelais [escritor francés, hacia 1494-1553] o Sócrates [filósofo griego, 470 a.C.-399 a.C.]". (p. 34);

- **lugares y acontecimientos**. Ocasionalmente, se indican los nombres de las calles. El lector puede así visualizar el escenario en el que evolucionan los personajes. Van de la casa de Porbus "situada en la rue des Grands-Augustins, en París" (p. 32) a "[la] hermosa casa de madera de Frenhofer, cerca del puente Saint-Michel" (p. 50); sin olvidar a Poussin que va "a la rue de la Harpe [y] a la modesta hospedería donde se alojaba" (p. 60). Así, el lector puede seguir los pasos de los personajes en el distrito 6 de París, cerca de la catedral de Notre-Dame. Además, se hacen varias alusiones a acontecimientos históricos. En efecto, el año 1612, durante el cual transcurre la historia, es una "época de agitación y revoluciones" (p. 38). Francia acababa de salir de un largo periodo de guerra civil, con las Guerras de Religión desatadas durante casi 36 años. Esta sucesión casi interminable de guerras entre católicos y protestantes puso el país patas arriba. Las guerras terminaron oficialmente con la firma del Edicto de Nantes en 1598. Sin embargo, Frenhofer sorprende a sus invitados con "jamón ahumado [y] buen vino [...] a pesar de los malos tiempos" (p. 50). Las guerras también socavaron la autoridad real, desestabilizando el país y su organización. El rey Enrique IV fue asesinado en 1610, dos años antes de la historia que nos ocupa;

- **los personajes reales**. Dos de los tres personajes principales son los famosos pintores del siglo XVII, Porbus (Frans Pourbus el Joven) y Nicolas Poussin. Además, en *La obra maestra desconocida* hay numerosas referencias a grandes nombres de la pintura: de Mabuse a Giorgione, pasando por Rafael (pintor y arquitecto italiano, 1483-1520), Rubens o Rembrandt (pintor y grabador holandés, 1606-1669), el texto está lleno de estas ilustres referencias. Más allá de la simple evocación, Balzac ofrece al lector un discurso sobre el arte pictórico, una especie de comentario sobre la historia del arte. Frenhofer se sitúa así como portavoz y teórico de la pintura, sobre todo cuando habla de la obra de Porbus: "Flotabas indeciso entre los dos sistemas, entre el dibujo y el color, entre la flema meticulosa, la rigidez precisa de los viejos maestros alemanes y el ardor deslumbrante, la abundancia feliz de los pintores italianos". (p. 41) El discurso sobre la pintura va aún más lejos al abordar el tema del artista visto como creador, no como "un vil copista" (p. 42).

Por estas y otras razones, esta novela se acerca a un subgénero de novelas, la llamada "novela de pintor". Este subgénero pertenece tanto a la categoría de novela biográfica como a la de novela histórica. Es un tipo de novela que surgió en el siglo XIX y se centra en los temas de la pintura. La trama gira en torno al personaje de un pintor o a un proyecto de pintura. Algunos ejemplos son *L'OEuvre* de Zola (escritor francés, 1840-1902) o *Manette Salomon* de los hermanos Goncourt (escritores franceses Edmond [1822-1896] y Jules [1830-1870]). El diálogo entre pintura y literatura estuvo abierto durante este periodo y a menudo dio lugar a colaboraciones.

Por ejemplo, una de las colaboraciones más famosas fue la relación de amistad entre Claude Monet (pintor francés, 1840-1926) y Stéphane Mallarmé (poeta y crítico francés, 1842-1898). Los dos hombres intercambiaron opiniones sobre arte y se convirtieron en socios, por ejemplo cuando Monet ilustró la traducción de Mallarmé de *El cuervo* de Edgar Allan Poe (escritor estadounidense, 1809-1849). Además, muchas otras colaboraciones tenían lugar en los salones donde se reunían escritores, pintores, músicos y otros intelectuales.

UNA CONCEPCIÓN ROMÁNTICA DEL ARTE

Aunque la trama se sitúa a principios del siglo XVII, el cuento de Balzac presenta una visión del arte y del artista propia de su época:

* **pintores por vocación**. Los tres protagonistas son pintores de vocación. Viven para el arte, que consideran una actividad pura, casi religiosa. Ser pintor forma parte de su identidad. El deseo más profundo de Poussin es seguir una gran carrera como artista, para la que se siente destinado. Frenhofer, en cambio, encarna al artista genial en el sentido de que no se limita a copiar los cánones estéticos, sino que crea algo nuevo. Este perfil del artista no apareció hasta el siglo XIX. En el siglo XVII, EL arte se consideraba una forma de artesanía, un oficio;

* **pobreza**. La pobreza en la que vive Poussin es un eco de los círculos de artistas bohemios del siglo XIX, que reivindicaban su pobreza como opuesta a los valores de la clase burguesa;

* **talento innato**. Para llegar a ser un gran artista, hay que someterse a la magia De la iniciación. En su cuento, Balzac rechaza la idea de un largo aprendizaje, que sin embargo era de rigor en el siglo XVII. Poussin

no tiene intención de ir a una escuela de arte: ya tiene talento, pero quiere que Frenhofer le inicie en los secretos del arte;

* **el estudio**. El estudio es un lugar privado donde el pintor crea a solas. En el SIGLO XVII, sin embargo, la mayoría de los estudios eran lugares colectivos.

Todas estas son características del movimiento romántico.

 ## EL ROMANTICISMO Y SUS HÉROES

El movimiento romántico tomó forma a finales del siglo XVIII en varios países europeos, empezando por Alemania e Inglaterra. Unido a Francia, el movimiento reunió a escritores y artistas que rechazaban el racionalismo de la Ilustración. Estos escritores y artistas querían hacer hincapié en la exploración de las pasiones del ser y la comunión con la naturaleza, llena de riquezas y secretos. A partir de entonces, el orden y las reglas clásicas se rechazaron en favor de la libertad creativa.

Aunque el movimiento se desarrolló gradualmente en torno a 1800, el uso de la palabra "Romanticismo" para designar el movimiento literario y cultural data de 1820. En Francia, el año 1830 fue testigo de la instauración del Romanticismo tras la batalla de *Hernani*. Este acto fundacional fue la presentación pública de un drama teatral de Victor Hugo (escritor francés, 1802-1885). Durante la representación, los clásicos, juzgando la obra revolucionaria e irrespetuosa, abuchearon y silbaron. Los románticos, en cambio, la apoyaban.

El movimiento romántico no es uno y el mismo, pero los artistas que dicen formar parte de él coinciden en algunos principios fundamentales, como el deseo de liberarse de las ataduras clásicas y la expresión de la emoción y el lirismo *a través de* la palabra auténtica. Los románticos también querían mezclar géneros y registros. Así, los artistas se interesaban por todas las formas de arte: escritores y pintores trabajaban juntos, al igual que poetas y músicos.

Además, los autores sitúan en el centro de sus tramas a héroes románticos, seres sensibles y apasionados con un destino a menudo frustrado, incluso trágico. A menudo se enfrentan a la sociedad, que niega sus aspiraciones. Divididos entre la esperanza y el desencanto, se encierran en su soledad, su aislamiento y, a veces, su arte. Los artistas románticos también hacían hincapié en la inspiración, la creatividad y el talento innato por encima del trabajo duro.

REFERENCIAS MITOLÓGICAS SIGNIFICATIVAS

La historia incluye varias referencias a mitos antiguos (por ejemplo, a Proteo, un dios capaz de la metamorfosis, o a Orfeo, el poeta que desciende a los infiernos para salvar a su esposa) o a historias bíblicas (a través de la evocación del cuadro *María la Egipcia* de Porbus o del *Adán y Eva* de Mabuse [hacia 1525]).

El autor cita también a dos héroes míticos que guardan relación directa con la situación de Frenhofer:

- Por un lado, Prometeo, el dios que creó al hombre de arcilla y le dio fuego. Como Prometeo, Frenhofer adopta la postura de creador de un ser vivo. Ambos son castigados por sus acciones: Prometeo es condenado a que un águila se coma su hígado para siempre, mientras que Frenhofer se suicida;

- por otro lado Pigmalión, un escultor enamorado de una de sus creaciones, Galatea. Como este artista, el pintor balzaciano está enamorado de su creación, de su Catherine Lescault.

Estas referencias mitológicas enriquecen al personaje: le dan una dimensión superior. Frenhofer se convierte así en algo más que un hombre. Para Poussin, es el "dios de la pintura" (p. 53); el texto de Balzac transmite explícitamente esta idea:

> *"Este anciano de ojos blancos, atento y estúpido, que había llegado a ser más que un hombre para él, le parecía un genio caprichoso que vivía en una esfera desconocida. [Todo en este anciano iba más allá de los límites de la naturaleza humana. Lo que la rica imaginación de Nicolas Poussin pudo captar clara y perceptiblemente al ver a este ser sobrenatural fue una imagen completa de la naturaleza del artista, de esa naturaleza loca a la que se confían tantos poderes"* (p. 57).

LA CUESTIÓN DE LA MÍMESIS

La cuestión de si el arte reproduce fielmente la realidad se ha planteado desde la antigüedad. Los juicios sobre la noción de *mímesis* (en griego, "imitación", "representación") son variados. *La Obra Maestra Desconocida* puede considerarse una nueva posición en esta vieja discusión. El autor crea un personaje que cree que un cuadro perfecto va más allá de la mera representación del mundo: para Frenhofer, el pintor debe pintar figuras que den la impresión de que se pueden tocar o sentir, como si fueran objetos reales.

Su crítica a los cuadros de Porbus gira precisamente en torno a esa chispa de vida de la que deben estar dotados los cuadros para alcanzar la categoría de obras maestras. Según Frenhofer, la pintura y la realidad deben fundirse. Es interesante observar que en la novela esta relación va en ambos sentidos, ya que la realidad también puede dar la ilusión de ser una representación pictórica. Esta es la impresión que se lleva Poussin cuando ve por primera vez a Frenhofer: "Parecías un cuadro de Rembrandt caminando en silencio y sin marco por la atmósfera negra de la que se ha apropiado este gran pintor". (p. 36)

El desenlace de la historia parece proclamar el fracaso de la *mímesis*: el personaje, que quería llevar hasta el final la lógica de la imitación de la naturaleza, no consigue realizar sus ambiciones. El arte tiene sus límites y hay que saber aceptarlos.

UN LEGADO EN LAS ARTES

Con *La obra maestra desconocida*, Balzac se sitúa como un visionario. No sólo desarrolla un discurso sobre la pintura, sino su propia reflexión sobre las artes en su conjunto. Escrita en un periodo de agitación cultural y literaria, la propia novela de Balzac parece situarse en la vanguardia pictórica, en particular a través del dramatismo del fracaso de la *mímesis* de Frenhofer. Este drama evoluciona hacia una nueva concepción del arte que sólo se hará realidad un siglo más tarde: el arte abstracto.

El arte abstracto es un movimiento artístico del siglo XX que incluye varias corrientes muy diversas. La característica común de estos diferentes movimientos es que, a diferencia del arte figurativo, evocan sentimientos y sensaciones a través de formas y colores, sin tratar de representar la realidad.

Así, la pintura de Frenhofer, tal como se describe en la novela, parece ser una pintura abstracta, simbólica, no figurativa. En este relato, Balzac parece proponer la culminación de una reflexión cultural y pictórica de un siglo de duración. De hecho, esta reflexión vanguardista nos demuestra que la representación perfecta que buscaban los realistas DEL SIGLO XIX es imposible. Por eso, la pintura de Frenhofer inspiró inevitablemente a los siguientes artistas.

La historia ha tenido, pues, cierta posteridad en las artes. De hecho, varios pintores se inspiraron en la historia para sus cuadros. Algunos, como Cézanne (pintor francés, 1839-1906), incluso se reconocieron en los rasgos del maestro desilusionado cuya obra maestra no fue reconocida por sus contemporáneos. De hecho, Cézanne realizó hacia 1867-1872 *El pintor Frenhofer vigilando su obra maestra desconocida* y *Frenhofer muestra su obra maestra.*

El aura del pintor ficticio y su obra maestra se reflejó en muchos cuadros:

- *Madame Kupka entre las verticales* (1910-1911) de Kupka (pintor, dibujante y grabador checo, 1871-1957);

- las diferentes versiones (entre 1914 y 1964) de El *pintor y su modelo* de Picasso (pintor, grabador y escultor español, 1881-1973);

- *Mujer I* (1950-1952) de De Kooning (pintor holandés, 1904-1997);

- *La Demi-sœur de l'inconnue* (1961) de Dufrêne (pintor francés, 1930-1982);

- o *La obra maestra desconocida* (1982) de Kiefer (pintor alemán, nacido en 1945).

Todos estos pintores parecen haberse inspirado en la obra de Frenhofer, que parece una especie de vanguardia de los movimientos impresionista, expresionista y surrealista. El arte del maestro Frenhofer, fruto de la imaginación de Balzac, aparece así como un sueño premonitorio.

VÍAS DE REFLEXIÓN

ALGUNAS PREGUNTAS PARA SEGUIR REFLEXIONANDO...

- ¿Por qué cree que Balzac introdujo en su historia a pintores que existieron realmente?

- Poussin se debate entre dos sentimientos: explique cuál y por qué.

- El diálogo entre pintura y literatura ha sido abierto y fructífero desde el siglo XIX. ¿Por qué *La obra maestra desconocida* es un buen ejemplo? Piense en el autor, Balzac.

- ¿Podría considerarse a Poussin y Porbus responsables de la muerte de Frenhofer? Justifícalo.

- ¿Da Balzac una idea exacta de la condición del pintor en el siglo XVII? Desarrolla tus ideas con ayuda de ejemplos concretos.

- En una carta a ^Madame^ Hanska (noble polaca, 1801-1882) del 24 de mayo de 1837, Balzac afirma que "la obra y la ejecución [mueren] por la excesiva abundancia del principio creador". Muestre cómo esta regla está presente tanto en *La obra maestra desconocida* como en otros dos cuentos de sus *Estudios filosóficos*, *Gambara* y *Massimilla Doni*.

- Compare la figura del pintor presentada en *La obra maestra desconocida* con la que aparece en *La obra* de Zola.

- ¿Puede considerarse la pintura de Frenhofer precursora del arte abstracto surgido en el siglo XX?

- El relato corto ha tenido cierta posteridad en las artes. ¿Qué aspectos del relato corto han influido en estos pintores?

- ¿Cuáles son los cambios significativos en la adaptación cinematográfica de Jacques Rivette (cineasta francés, 1928-2016) de *La Belle Noiseuse en comparación* con la novela? ¿Qué puede justificarlos?

PARA IR MÁS LEJOS

EDICIÓN DE REFERENCIA

DE BALZAC H., *Le Chef-d'œuvre inconnu* suivi de *La Leçon de violon*, París, Le Livre de Poche, coll. « Les classiques d'aujourd'hui », 2002.

ESTUDIO DE REFERENCIA

ARON P., SAINT-JACQUES D. y VIALA A. (dir.), *Le dictionnaire du littéraire*, París, Presses universitaires de France, 2002.

DE BALZAC H., *OEuvres complètes*, tome I, París, Alexandre Houssiaux, 1855.

PAILLARD M.-C. (ed.), *Le roman du peintre*, Clermont-Ferrand, Presses universitaires Blaise Pascal, 2008.

ADAPTACIÓN

La Belle Noiseuse, película de Jacques Rivette, con Michel Piccoli, Emmanuelle Béart, Jane Birkin y David Bursztein, Francia, 1991.

¡Su opinión nos interesa!
¡Deje un comentario en la pagina web de su librería en línea,
y comparta sus favoritos en las redes sociales!

ResumenExpress.com

Muchas más guías para descubrir tu pasión por la literatura

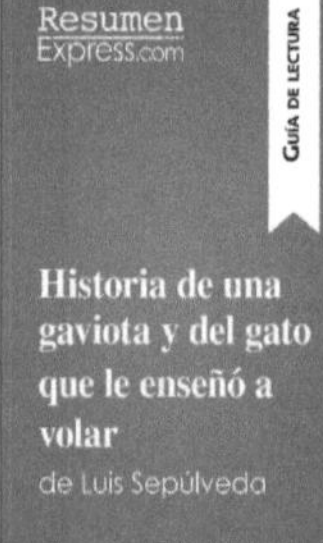

www.ResumenExpress.com

ISBN ebook: 9782808687249
ISBN papel: 9782808698641
Depósito legal: D/2023/12603/1144

Cubierta: © Primento
Libro realizado por Primento, el socio digital de los editores